바람의 연인

이금미(아호: 솔숲, 우담)
- 제주대학교 보건복지대학원 재학중 •『현대문예』(시) 신인상(2004)
- 『문예연구』(수필) 신인상(2005) •『서울문학』(시) 신인상(2009)
- 한국문인협회회원, 제주문인협회회원, 한국미술협회회원, 제주담원선묵화연구회회원
- 전)제주특별자치도 시낭송협회회장역임
- 제주특별자치도 한글서예사랑모임 초대작가(2012)
- 한국예술문화협회 초대작가(2019)
- 대한민국 운곡서예문인화대전 초대작가(2021)
- 예술대제전(한글서예) 대상(2019) • 예술대제전 추천작가상(2020)
- 전통미술대전(선묵화) 대상(2020) • 대한민국미술대전(선묵화) 특선(2021)
- 제주에 핀 禪. 茶 그림 개인전(2019)
- 저서 – 시집『바람의 연인』, 수필집『촛불을 그리다』
이메일: gmi79@hanmail.net

황금알 시인선 237

바람의 연인

초판발행일 | 2021년 11월 27일

지은이 | 이금미
펴낸곳 | 도서출판 황금알
펴낸이 | 金永馥
주간 | 김영탁
편집실장 | 조경숙
표지디자인 | 칼라박스
주소 | 03088 서울시 종로구 이화장2길 29–3, 104호(동숭동)
전화 | 02)2275–9171
팩스 | 02)2275–9172
이메일 | tibet21@hanmail.net
홈페이지 | http://goldegg21.com
출판등록 | 2003년 03월 26일(제300–2003–230호)

바람의 연인

이금미 시집

황금알

먼 길을 돌아와
쉼표하나 찍는 마음으로
첫 시집을 출간합니다

시는
내 삶의 흔적들을
하나씩 풀어내는
나의 벗이고

내 삶의
희로애락을 품어주는
인생의 동반자입니다

시는
내가 받은 선물 중에
가장 큰 선물입니다

시심을 가질 수 있다는 것은
내가 받은 뮤즈의
가장 큰 선물이었으며
시를 쓰는 순간은
잉태를 위한 산고의 시간들이었기에
행복했습니다

2021년 11월
가을에, 이금미

차 례

2부

3부

4부

5부

1부

평안한 우리 가문에
부와 귀가 가득하리
우담

바람의 연인

가을바람이
나무에 기대어
소곤거린다

바람이
나뭇잎을 사랑하는 까닭에
나뭇잎도
붉은색으로 깊어진다

가을바람은
나뭇잎이 그리워
거친 숨을 몰아쉬며
달려왔나 보다

나뭇잎을 만나면
고요해지는 바람은
나뭇잎을 위해 태어난
보이지 않는 연인

가을 잠에 빠진 바다

가을 햇살에
하품하며 누워있는
갈맷빛 바다

반짝거리는
이불을 덮고
초승달 같은 눈을
사르르 감는다

바다는
꿈을 꾸듯
깊은 잠에 빠진다

바람은, 사랑하는 사람이 그리울 때만 소리 내어 운다

숨을 쉬고 있다 바람이
억새의 몸 사위로
사각거리며
구르는 낙엽의 소리로
살아있음을 알리고 있다 바람이

자신이 가는 길을 알리고 있다 바람이
풀들이 눕는 곳을 향해
여인네의 한복 고름이 날리는 곳을 향해
자신이 가는 곳을 알리고 있다 바람이

가을이 깊었음을 알리고 있다 바람이
백록담에서 윗세오름으로
소리 없이 내려오더니
가을바람으로 익은 단풍이 팔랑거린다

바람은,
없는 듯하나 있고
잠자듯 고요하나 늘 깨어있다

엉겅퀴밭도
귤나무과수원도 흔들어 깨운다

바람은,
사랑하는 사람이 그리울 때만 소리 내어 운다

밭담을 보면

태초에 땅에서 솟아오른
서로 다른 돌덩어리가
밭담이 되었다

늘 그 자리에서
거칠게 다가오는 풍파를
가슴으로 막아주면서도
한결같이 겸손한 모습

밭담을 볼 때면
자연에 순응하며
한평생
자식을 키워온
아버지의 큰 가슴이 떠오른다

봄, 서귀포 가는 길에는

서귀포 가는 길에는
햇살이 눈부시게 빛나고
햇살이 익어가는 길 따라
그 길을 걷고 싶어진다

유채꽃, 목련, 복숭아꽃, 벚꽃이
만발한 길 따라 걷다 보면
나는 어느새
꽃의 요정이 된다

산 향기

들판에 찔레꽃
흐드러지게 핀 오후
하얀 향기에 취해
꽃잎 속에 파르르 떠는 벌이 되고

산 향기 가득한 저녁이면
내 마음도 맑아져
툇마루에 앉아
산 향기 붓으로 푹 찍어
한 송이 피워내는 찔레꽃

산책가는 길

마음을 쉬려고
산책을 나섰는데

싱그러운 나뭇가지에 앉아있는
두 마리 참새가
발걸음을 멈추게 한다

바람도 감미로워
버드나무 잎이
푸르게 익어가는 시간에
참새는 짹짹거리고
나는 휘파람으로 화답한다

연화못

아름다운 돌담
산들거리는 바람에
하늘거리는 하가리 연화못 연꽃들
연분홍 연꽃이 수줍은 듯 피었네

바람의 움직임에
연꽃의 자태는
고요 속에서
찬란히 피었나니
그대는
물속에서 솟아난
염화시중拈華示衆의 미소

이별이 익어 피어난 억새꽃

가을, 산굼부리 억새밭에 가면
여름과의 이별이 서러운
억새꽃이
바람에 흔들리고 있다

계절의 이별이 아쉬워
세인 머리칼을
바람에 태워 쪽빛 하늘로 보내는 시간

가을, 산굼부리 억새밭에 가면
이별이 익어 피어난 억새꽃이
가을 들판에 난무하고 있다

유년의 올레길

봄 향기 차오르는 올레길
그 길에 들어서면
마음이 포근하다

유년 시절 어머니와 걷던 그 길
올레길에 들어서면
어머니의 냄새가 묻어나고
어머니의 따뜻한 미소가 보인다

어린 시절 올레길은
언니 오빠와 거닐던 길
찔레꽃 따면서 벌 나비와 이야기 나누던 길
보리의 일렁임에 맞춰서 춤을 추던 그 길
송아지와 함께 걷던 길
산 꿩 소리 들으며 걷던 길

유년의 친구들과 걷던 그 길은
소곤소곤 정다운 길
풋풋한 산향기가 있는 길

벗을 기다리며
누군가
돌의자를 놓고 기다리던 길
바람이 내 치마를 들치며
깔깔거리던 그 올레길

청보리밭에 가면

초록 물결 뚝뚝 떨어지는
청보리밭에 가면, 나는
농부의 아내

청보리 물결 일렁이는
오월의 정오는
산 꿩 소리 유난하고
알을 품은 까투리
꿩알 구르는 소리 들린다

미풍이 불어오는
조용한 오후
청보리 노랫가락이
푸른 바람을 타고
들판으로 번진다

저녁노을을 보면서

초가을 저녁
석양이 세상을 품고
터질듯한 가슴으로
나를 향해 달려온다

자동차를 타고 달리노라면
바람도 달리고
꽃도 달리고
돌담도 달리고
나무도 달리고
억새도 달린다

석양이 깃든 길을 달리다 보면
내 인생도 석양에 베어
내 머리에도 억새꽃이 피겠지

석양이 저토록 아름답게 하루를 마감하며
세상을 밝힐 수 있는 것은
뜨겁게 타오르는 생의 빛이겠지

콩꽃이 피는 밭에서

보랏빛 향기가 번지는 여름날이면
어머니를 따라 콩밭에 나가네

어머니는 무엇을 생각하며
밭매기를 하는지
저만치에 혼자서 달려가네

나는,
뒷전에서 같이 가자며
호미로 돌멩이를 두드리며 떼를 쓰네

멀구슬나무 그늘에 돌멩이를 주워 모아
작은 밭을 만들고
콩가지를 꺾어서 화단도 만드네

보랏빛 향기가 하늘로 번지고
하늘을 향해
고함치듯 부르는 노래는
뒷동산 너머에서

산꿩이 듣고 있다가 화답을 하네
꿩꿩

2부

벚꽃의 연서戀書

봄바람에
살포시 피어나는 벚꽃잎을
바람에 띄워
그대에게 보내노라

벚나무에
앉았던 새 한 마리
임을 찾아
포르릉 날아가는 봄날

내 꽃향기 그리워
한 마리 나비로 날아오기를

오월의 서귀포

달콤한 바람이
풀밭을 구르는
조용한 오월의 정오
무르익는 서귀포의 밀감꽃 향기로
코끝에 스미는 공기가 그윽하다

바람도 밀감꽃 향기에 취해
낮은 곳으로 낮은 곳으로만 돌아다니고
사람들도 밀감꽃 향기에 취해
얼굴에 미소가 번진다

서귀포의 밀감꽃 향기는
범섬 앞바다도
향기에 취하게 한다
얼마나 무르익으면 바닷물결이
저리도 고운 갈맷빛으로 물들이는가

영혼의 향기

내 유년의 오월은
뒷동산에 산 꿩 소리
고요한 아침을 깨우고
과수원의 밀감꽃 향기가
온 마을에 퍼지는
조용한 시골

밀감꽃이 소복이 쌓이는
과수원으로 들어설 때면
나는 꿀벌이 되기도 하고
나비가 되기도 하여
마음이 설레었네

밀감꽃 향기가
온 마을을 감싸고
내 마음을 품어주던 날
내 마음 깊은 곳에서
영혼이 맑아짐이
내 가슴에 전해왔었네

나는 우주의 한 잎에서
행복한 소녀가 되고
내 얼굴에도
밀감꽃이 피어났네

오월의 아침

봄꽃 향기로
아침을 여는 오월
꽃이 주는 설렘으로
내 마음도 꽃처럼 피어나고

나뭇가지에
무당벌레 두 마리
꽃향기에 취해
밀어를 속삭인다

오월의 꽃은
환한 세상을 그리며
자신의 향기로
작은 우주를 만들어 간다

내 유년의 뜰에서 피웠던 여린 꽃

화분에 그윽한
춘란의 향기

차 향기와 어우러져
봄으로 번진다

내 가슴에 피었던
봄꽃들은 어디로 갔을까

유년의 내 뜰에서
함께 피웠던 여린 꽃들

귤꽃 향기

해마다 오월이면
달콤한 미풍에
묻어오는 귤꽃 향기

허공에 번지는 꽃향기에
마음은 귤꽃이 되어
백설같이 피어나고

별빛이 내려앉는 밤
바람결에 실려 오는 꽃향기는
마음 깊은 곳까지
휘감아 들어
어느새 나는
한 마리의 나비가 된다

살사리꽃 피는 언덕

가을바람 살랑대는 살사리꽃 언덕에 가면
살사리꽃 웃음소리 가득합니다

사계절을 보내야 한 번쯤 만나는
그 웃음 속에는 애틋함이 있고
그 웃음 속에는 기다리는 사랑이 있습니다

일 년을 천년같이 길고 긴 기다림을
참을 수 있어야만,
사랑을 할 수 있다는
살사리꽃의 가녀린 몸 사위가
눈에 아른거립니다

꽃

꽃이
가만히 있어도
꿀벌이 찾아오는 것은

꽃만이
품을 수 있는
향기가 있고

꽃이
가만히 있어도
사람들이
꽃을 찾아 나서는 것은

작은 바람에도 흔들리는
몸짓과
빛깔과
속삭이는
꽃의 밀어가 있기 때문이지

난향천리

깊은 골짜기
은은하게 피어오른
난 향기에
봄나들이
나비 한 쌍이
난잎에
머물다 가네

나비들이 날개를 타고
천리로 퍼지는 난향에
새록새록 푸르게
익어가는 봄

달빛 품은 살사리꽃

초가을 밤
보름달이 너무 고와
살사리꽃 가득한 벌판을 찾았습니다

달빛이 유난히 고운 밤
살사리꽃은
풀벌레의 연주에 맞춰
가녀린 몸으로 탱고를 추며
초가을 밤의 추억을 만들고 있었습니다

가녀린 몸사위에
가슴이 젖어오는 까닭은
살사리꽃을 품어주는
고운 달빛이 있음이겠지요

3부

내 마음의 연못에 핀 꽃

한세상
어머니 얼굴에는
미소가 가득했습니다

삶이 힘들어도
어머니는
온화한 미소와 부드러운 어조로
자식들의 마음을 품어주었습니다

나는 힘들고 어려울 때면
어머니가 그리워
가슴에 간직한
어머니의 미소를
조용히 꺼내 봅니다

어머니의 미소는
내 마음의 연못에 핀
한 송이
연꽃입니다

그리운 어머니

고요한 마음 가운데로
바람이 휘몰아칩니다

사무치는 그리움에
천상에서
바람으로 태어나
먼 길을 달려와
제 볼을 어루만집니다

눈에 보이지는 않지만
살아생전 말씀하셨던
따뜻한 음성이 들려옵니다

부드러운 미소가
바람이 되어
내 몸을 감싸고 있습니다 어머니

외국인들의 향수鄕愁

일요일의 고요한 여명
외국인 근로자들이
봄꽃 향기 가득한 공원에 모였다

고향을 떠나
타국에서의 외로움이
온몸으로 느껴지는 이 아침

알아들을 수 없는
그들만의 언어로
담소를 나눈다

그들에게서
풍기는 것은 그리움
그들에게서
풍기는 것은 외로움

그들은
새벽을 기다리며

밤을 지새운 것일까

봄꽃 향기 가득한 공원에서
어머니 품처럼 편안한
고향을 생각하며
향수를 그리네

나를 닮은 아이

아이를 낳고 보니
마음이 깊어집니다

아이를 키우고 보니
마음이 넓어집니다

아이들에게
잘하라고 하지 못해
내가 먼저 움직입니다

세월이 흘러
뒤돌아보니
나를 닮은 아이가
나를 보고 미소 짓습니다

내 생애 최고의 선물

보고 있어도 또 보고 싶고
주고 있어도 더 주고 싶은

내 가슴속에
또 다른 심장을
탄생시킨
두 송이 꽃

자꾸만
내 마음이 고요해지는 것은
내 가슴속에 간직한
꽃향기가
그리워서이지

내 남편

하늘을 잊고 살아도
세상은 하늘 가득

작은 나의 정성을
말없이 지켜주고
삶의 희로애락이
흐르는 물처럼
부딪치는 바람처럼
꿈이 흔들릴 때마다
언제나 내 모습을
비춰주는 마음의 거울

어두운 곳에서도
빛을 보게 하고
천둥번개가 휘몰아쳐
삶이 휘청거릴지라도
묵묵히 그 자리에서
나를 지켜주는 사람

나로 하여금
행복을 알게 하신
사랑하는 나의 사람

당신

모래알처럼 많은 사람 중에
모든 것을 함께 나눌 수 있는
당신

가슴속 깊은 곳에서
마음과 마음을 나누며
미소 짓는
당신

내 마음속에 폭풍이 밀려와도
회오리바람이 내 앞을 가릴지라도
당신의 한 줄기 미소가
나의 희망이며
나의 등불입니다

손녀를 보며

많고 많은 인연 중에
내 손녀로 태어나
맞이하는 이 기쁨
세상으로 보내련다

내가 가진 아름다운 언어를
내가 가진 따뜻한 미소를
내가 가진 포근한 마음을
내가 가진 다양한 재능을
너에게 주고 싶다

이 모든 것이
언젠가
너를 만나기 위해 준비한
나의 정성이다

어머니가 되고 보니

어머니
밤이 깊었습니다
계절은 봄이라
바람은 따뜻합니다
어머니가 아낌없이 주시던
마음처럼 이제,
내 아이들에게
아낌없이 주는데
늘 부족하기만 합니다

언제나 미소 잃지 않으시던 어머니
큰소리 한 번 내지르지 않으신 어머니
묵묵하게 세월을 걸어오신 어머니
이제 지천명知天命이 되고 보니
어머니의 그 깊은 뜻을 알 것 같습니다

어린 시절로 돌아가
그 시절 어머니를 생각하며
내 인생을 가꾸다 보니

또 다른 어머니의 모습으로
여기에 있습니다

사람 냄새

맛있는 요리로
세상 사람들과 나누면
입가에 미소가 가득하여
맛있는 세상이 되고

마음 가운데서 일어나는
참마음으로
세상 사람들과 나누면
훈훈한 마음 꽃이 피어난다

언제나 웃는 얼굴로
세상 사람들과 나누면
얼굴마다 웃음꽃이 피어
부드러운 세상이 되고

요리로 나누고
마음으로 나누고
웃음으로 나누면
나눔으로 피어나는 향기로

사람 냄새 가득한
세상이 되리라

어머니의 연못

진흙탕 속에
뿌리내려
세상을 정화하는
연꽃을 보네

질곡의 세상을 살다 간
어머니의 연못

나도, 오늘은
어머니 연못에서 태어난
연꽃이 되려 하네

손녀 탄생

너를 보고 있노라면
가슴이 포근하여
세상이 아름답다

고운 살결
해맑은 얼굴
미소 짓는 예쁜 눈동자
아름다운 언어들이 쏟아질 것 같은
너의 다문 입술

세상을 향해
태어나지 않는 시를 꿈꾸는
백지의 마음

너를 생각할 때마다
내 얼굴에 미소꽃이 피누나

메밀꽃으로 피어난 어머니

달빛이
소복하게 쌓이는 밤
메밀꽃밭에 가면
어머니의 고요한 미소가
꽃송이마다 피어오릅니다

메밀꽃을 보며
어머니하고 부르면
대답보다 먼저
어머니의 부드러운 음성이
내 가슴에 스며듭니다

어머니의 고요한 미소와
어머니의 부드러운 음성이
내 마음을 고요하고 온화하게 해줍니다

메밀꽃보다
더 고우신 어머니는
메밀꽃보다 더 환한 웃음을 지으며

달빛 타고 내려온
꽃의 여신입니다

어머니 가슴에서 핀 벚꽃

벚꽃이 활짝 피었습니다
어머니 마음 닮은 하얀 벚꽃이
나를 반깁니다

언제나 웃는 얼굴로 살라고
꽃 같은 예쁜 마음으로 살라고
만인의 얼굴에 웃음 주라고
벚꽃은 다양한 모습으로
미소를 줍니다

지는 벚꽃도 아름답습니다
가는 세월 아쉬워하지 않고
마지막 꽃잎까지 다 주고 갑니다

하루의 무거운 짐 내려놓고
기쁜 마음으로 돌아오라고
거리마다 꽃등燈으로
어두운 길 밝혀줍니다

어머니 가슴에서 핀 벚꽃이
내 마음에 내려앉는 저녁입니다

4부

님 그리워 담장에서 꽃으로 피웠습니다
내 이름은 소화라 합니다 우담

솔바람 흐르는 솔밭에서

솔향기 가득한
솔밭에서
유록柳綠빛 새싹이
피어오른 바위를
마주하여
차를 달이는 시간

솔향기와
차 향기가
어우러져
허공으로 번지니
방울방울
솔방울 웃음소리
솔밭에 가득하네

미소 짓는 새 한 마리

연꽃이 피어있는
연못가에서
차를 달이는 시간은
모든 마음을 내려놓고
차 향기에 취한다

그윽한 차 향기에
날아가던 참새도
쉬어가려나
연잎에
사뿐히 내려앉아
미소 짓는 새 한 마리

봄

매화꽃이
피어있는
아침

새들도
잠시 쉬려고
매화나무 가지에
내려앉는다

매화나무 아래서
차를 달이는
선동의 정성이
매화꽃을
한 송이씩 피워내고

새들도
설레는 마음으로
노래하는
봄

입안에 어리는 녹차향

거실에 든
아침 햇살에
다관의 물이 익어
차를 우려내며
씻어내는 마음

창밖에서
핑크빛 봄 향기
나비처럼 날아오고

거실에 피어있는
군자란꽃 향기가
찻잔에 스며드네

봄 햇살에
익은 녹차가
찻잔에 채워지고
유난히 녹차맛이
입안에 어리는 아침

사랑 담은 도시락

눈이 소복이 쌓인
이른 아침에
어머니는
보온 도시락에
딸아이 점심을 준비한다

혼합곡으로 밥을 짓고
된장을 풀어
멸치와 다시마
봄동배추로 끓인 된장국

고기를 넣고
두루 볶은 요리
신선한 시금치를
한 줄기씩 손으로 뜯어서
선명하게 삶아내어
갖은양념으로 버무린다

시금치 줄기 하나하나를

정성으로 말아서
찬통에 담고
시금치무침 위에
고소한 깨소금을 뿌리고
어머니의 사랑도
살포시 덮는다

어머니의 사랑을 먹고 산다는
딸아이의 밝은 미소
맛있게 먹는
딸아이 행복한 표정이
가슴에 녹아드는 아침이다

허름한 카페에서

가을에는
스파게티가 생각난다

창문을 살짝 열어놓은
호박넝쿨이 보이는
허름한 카페에서
딸아이와
해물스파게티를 먹고

딸아이 얼굴에는
스파게티의
맛있는 미소가 번지고
눈빛도 달콤하다

포크에 돌돌 말린 스파게티를
딸아이 입안에 넣어주는 행복으로
엄마의 마음엔
또 하나의 달콤한 사랑이 돋아난다

하늘에는 뭉게구름 넘실거리고
고추잠자리가
날갯짓하는 오후
소슬바람이
딸아이 긴 머리칼을 감싸며
아메리카노 커피 향을 선물하고
수줍은 듯 사라진다

차茶 달이는 동자

버드나무 가지
드리워진 푸르른 연못가

산들바람에
차를 달이는 동자

연못에서 노니는
한 마리 개구리와
마음을 나누며
미소가 익어간다

파초 아래서 차 한 잔

파초 아래서
온 가족이 모여 앉아
마음을 나누는 시간

따뜻한 마음이 모여
정성으로
차를 달이니

그윽한 차향에
익어가는 가족사랑

팽나무 그늘에서

바람이 감미로운
연못가 팽나무 그늘에서

차를 달이며
차茶 향기가 감도는 시간

아무런 번뇌도 없는
무아無我의 시간

빈 가슴에
차향기만 가득

팽나무 가지를 타고
차향이 하늘로 오른다

홍시가 익어가는 가을

바람에
홍시가
익어가는 가을

감나무 그늘에서
차를 달이며
마음을 나누는 시간

차 향기가
그윽하여
감이 더욱 붉어지고

나뭇잎도
차맛이 그리운지
찻잔 곁으로
내려앉는다

5부

福潭 禪坐下松

수묵화水墨畵로 피어난 꽃

온 세상이
고요 속에 취한 아침
벼루에
먹을 갈며 묵향을 피워낸다

정갈한 마음으로
화선지를 펴놓고
난초 한 잎
또, 한 잎

아가의 다문 입술 같은
봉오리 살포시 그렸더니
어디선가
난꽃이 꼬리를 물고 톡톡톡
꽃대에 내려앉아
한 폭의 수묵화가 되었다

어스름 동이 트고
창문 사이로 흐르는 바람결에

수묵화가 흔들리니
집안에 꽃향기 가득하다

그리운 별

내 마음속에
그리운 별 하나를 품고 산다

가까이 있지만
갈 수 없는 그곳은
별들만이 갈 수 있는 별들의 고향

밤마다 빛나는 별을 보면서
다가서 보지만
별은 언제나
오작교 저편에서
반짝거린다

마음은 언제나
그 자리에 머물고
빛나는 별도 울어
내 가슴에 흐르고

꿈속에서나 만날까
깊은 잠을 청한다

그림을 관람하며

전시실의 오전은
고요하다

그림 속 연못가에서
물고기를 보며 웃고 있는
어린아이의 표정을 보며
나도 빙그레 미소가 번진다

그림 속에
차를 달이며
놀러 온 개구리와 이야기하는
어린아이의 표정을 보며
나도 개구리와 이야기하고 싶어진다
너는 어디서 왔니

기쁨

대지의 기쁨은
꽃으로 피어나고

사람의 환희는
웃음으로
피어난다

마음의 꽃

마음의 꽃은
보이지 않으나
향기롭고

만질 수 없으나
향이 번지네

발이 없어도
천리를 가고
만 리에 번지는
마음에서 피는 꽃

가슴으로만 느낄 수 있는
성스러운 꽃

사랑

가끔은 쉬고 싶을 때
생각나는 사람

힘들고 어려울 때
기대고 싶은 사람

항상 그 자리에서
부르면 미소 지으며
대답하는 사람

슬플 때면
가슴에다 기대여서
울고 싶은 사람

산방산을 지나며

운무雲霧 덮인 산방산의 자태
백록의 숨소리가 들릴 듯
고요하다

산방산 앞바다
쪽빛 물결
물질하는
해녀의 숨비소리에
익어가는
보리수

사유思惟의 시간

마음에 묻어둔 생각이 많아지면
말수가 줄어듭니다

정리되지 않은 생각들이
실타래처럼 엉키면
말수가 줄어듭니다

생각의 가닥을 잡으면
마음이 차분해지면서
혼자 사색하는 시간이 많아집니다

주방에 일하다가도
싱크대 모서리에
쪼그리고 앉아있기도 하고

베란다 화초를 정리하다가도
가위를 든 손으로
벽에 기대어 한참을 있기도 합니다

주방의 작은 쪽문을 통해
세상을 바라보기도 하고

발코니에 놓여 있는 항아리를
만지기도 하며
이유 없이 닦아내기도 합니다

마음에 품었던 생각들은
시나브로 익어가고
어느 날 나의 분신처럼
세상에 태어납니다

외돌개 앞바다에는

외돌개 앞바다는
외로운 별들의 고향

한치오징어 배들은
그리움이 깊어질 때마다
별들을 만들어
외돌개 앞바다에 띄운다

소슬바람 불어오는 가을 바다
외롭지 말라고
별들이 모여든다

바다에는 불빛 하늘에는 별빛이 어우러져
사랑이 싹트고
서귀포 외돌개 앞바다는
밤새도록 사랑을 키우고 익어가는 곳

별들이 한바탕 축제가 끝나고
별들이 스러지는 새벽에

어부들의 사랑도 익어
만선의 뱃고동 소리
점점 커진다

유년의 고향으로 돌아가 살고 싶은 집

돌담이 둘린 초가집에서
살고 싶다
울타리에 능소화꽃이
무리 지어 피고 지고

뒤뜰에는 장독대가 놓여 있고
마당에는
흙먼지가 폴폴 날리는

봄에는
밀감꽃 향기가
마당을 감싸고

여름이면
해바라기꽃이
채송화 맨드라미와
정답게 노니는

가을이면

담 너머에
황금알이 익어가고

겨울이면
싸락눈 내리는 마당에서
참새의 무리들이
먹이를 찾아 포르릉포르릉 찾아오면
좁쌀을 뿌려주며
참새의 무리 속에서 노니는
소녀 닮은 노인으로
살고 싶은 집

통도사의 종소리

인적도 쉬고 있는
통도사의 고요한 저녁

산사의 종소리를 들으며
문득
내 안의 종을 흔들어
가슴으로 들어본다

나뭇가지의 흔들림으로
바람의 부드러움을 만지며
살며시 눈을 감아본다

내 심연深淵에
울리는 산사의 종소리

해설

봄 산의 煎茶
우담

공감과 사랑의 서정―이금미의 시 세계

허 상 문(문학평론가 · 영남대 명예교수)

1

　시인 이금미가 지난 17여 년 동안의 시작 활동을 결산
하는 시집 『바람의 연인』을 출간한다. 이금미 시인은 수
필가로서 지역사회에서 널리 알려졌지만, 그는 이미
2004년도에 『현대문예』를 통하여 등단한 중견 시인이
다. 짧지 않은 시간 동안의 시적 작업을 정리하는 시집
을 출간하는 심정을 "먼 길을 돌아와 쉼표하나 찍는 마
음으로 첫 시집을 출간"한다고 밝히고 있다. 그러면서
자신의 "시詩는 내 삶의 흔적들을 하나씩 풀어내는 나의
벗이고 내 삶의 희로애락喜怒哀樂을 품어주는 인생의 동반
자"였다는 소회를 말하고 있다(『머리글』에서). 시인의 말
대로 시인이 시심詩心을 가질 수 있다는 것은 뮤즈Muse의
선물이며, 시를 쓴다는 것은 새로운 한 생명을 잉태하기

위한 산고産苦의 시간이면서 가장 큰 행복이라 할 수 있다.

　한 시인의 오랜 작업을 몇 마디의 해설로 갈래 지운다는 것은 그리 쉬운 일은 아니지만, 시집 전반에 흐르고 있는 시 정신의 본질은 규명될 수 있을 것이다. 이금미의 시들을 읽으면서 우리가 쉽게 가질 수 있는 느낌은 시인의 주관적인 정서를 통해 인간과 세상을 인식하는 서정시가 지니는 본래적인 시의 문법에 충실하게 기초하고 있다는 사실이다. 말하자면 시인이 처한 환경과 시적 자아가 서로 통전되는 일체감 속에서 미적 인식이 흘러나오고, 그것이 세상과 시인의 거리를 아름답게 결합시킨다. 시인과 세상의 결합은 근본적으로 이금미 시인이 이 세상과 인간에 대하여 가지는 공감과 사랑에 의해 가능한 것이라 할 수 있다.

　오늘날 우리는 타자의 슬픔과 고통에 대해 무엇을 할 수 있는가를 두고 많은 고민을 하게 된다. 타자의 고통을 이해한다거나 슬픔을 공유한다는 것은 일차적으로는 타자와의 친밀성의 밀도에 관련된 것이지만, 이러한 태도는 본질적으로 타자에 대한 공감에 의해 생겨나는 것이라 할 수 있다. 이때의 공감이란 감정과 행동에 대한 전 의식적이고 본능적인 반응이다. 반면 타자에 대한 공감이 부족하다는 사실은 서로의 아픔을 공유하겠다는 의식, 다시 말해 타자와의 연대 의식과 사랑이 부족하다는 사실을 의미하는 것이다. 공감의 능력이 점점 소멸해

가는 이 세상에서 우리가 문학을 한다는 것은 인간다움의 가장 중요한 가치라고 할 수 있는 사랑의 마음에서 우러나오는 것이라 할 수 있다.

이금미의 시에서 우리가 읽을 수 있는 기본적 정서는 바로 인간과 세상에 대한 공감과 사랑이다. 따라서 그의 시는 현실적 삶과 인간의 모습에 대하여 구체적인 시적 감정이나 의도를 드러내기보다는 시인의 내적 정서의 세계를 충실하게 표현하고 있다. 그의 시에서 나타나는 '공감과 사랑'의 주제는 인간 삶에서 가장 본질적이고 원초적인 내용이지만, 이를 통하여 시인은 인간과 삶의 의미를 새롭게 일구어낸다. 그의 시집 전반에서 나타나고 있는 이런 시인의 상상력과 정서는 오염되고 혼탁한 현대적 삶과 인간에게 밝고 맑은 활력과 희망을 제공하고 있다.

2

공감의 능력은 인간이 성장하고 발전해 나가는데 주요한 조건이자 공동체적 삶을 살아가기 위한 본질적 요건이 된다. 공감은 일차적으로 개인적 차원에서 이루어지는 것이지만, 타인의 느낌을 이해하고 그것을 자신의 것으로 치환할 수 있는 능력이라는 면에서 다분히 공동체적 삶을 가능케 하는 동력이 되기 때문이다. 공감할 수 있으므로 인류는 진화할 수 있었고, 이로 인해 다른 어떤 생명체들보다도 더 존엄한 존재로 지구상에 살아남을 수 있었다. 만약 인간에게 공감하는 능력이 없었다면, 지금과 같은 문명을 이룰 수 없었을 것이며 더 나은 삶을 실천하기 힘들었을 것이다. 타인의 삶을 나의 삶과 같이 아파하고 함께 기뻐하지 못한다면 우리의 삶은 그 자체로 무의미하고 냉혹한 것에 불과하다.

이금미의 시에서는 인간과 자연에 대한 공감의 감정이 가득하다. 자신의 가족은 물론 타자에 대한 공감의 마음이 가득한데, 무엇보다 어머니에 대한 감정에서 시인의 공감 서정은 구체적으로 드러난다. 어느 시인이든 어머니에 대한 감정은 각별하지만, 특히 이금미의 시에서 어머니에 대한 감정은 어머니 연작시가 가능할 정도로 다양하게 표현되고 있다. 「그리운 어머니」「어머니 마음 닮은 벚꽃」「어머니의 미소」「메밀꽃으로 피어난 어머니」「어머니와 도시락」 등 이루 열거하기 힘들 정도이다. 그 중에서 「그리운 어머니」를 읽어보자.

사무치는 그리움에
천상에서
바람으로 태어나
먼 길을 달려와
제 볼을 어루만집니다

눈에 보이지는 않지만
살아생전 말씀하셨던
따뜻한 음성이 들려옵니다

부드러운 미소가
바람이 되어
내 몸을 감싸고 있습니다 어머니
- 「그리운 어머니」 부분

「그리운 어머니」는 저세상으로 떠나가신 어머니에 대한 간절한 그리움을 표현한 사모곡思母曲이다. 어머니에 대한 사무치는 그리움은 "천상에서/ 바람으로 태어나/ 먼 길을 달려와/ 제 볼을 어루만집니다"로 표현된다. 나에 대한 관심은 타자에 대한 공감보다 더 강하며, 나로부터 멀리 떨어져 있는 사람보다는 가까이 있는 사람에게 더 공감과 사랑의 감정을 느끼는 것은 자연스럽다. 이는 공감의 감정이 사랑의 깊이에서 유래한다는 사실을 증명해 주는 것이라 할 수 있다. 그리하여 시인에게 "어머니의 미소는/ 내 마음의 연못에 핀/ 한 송이/ 연꽃입니다"(「내 마음의 연못에 핀 꽃」)라고 표현된다. 공감과 사랑의 감정은 공통적으로 따뜻한 마음이 전제될 때 가능하다. 시인의 이런 감정은 「나를 닮은 아이」 「당신」 「손녀를 보며」 「외국인들의 고향」과 같은 시에서 잘 드러나듯이 가족은 물론 이웃들에게도 확산된다.

내 마음속에 폭풍이 밀려와도
회오리바람이 내 앞을 가릴지라도
당신의 한 줄기 미소가
나의 희망이며
나의 등불입니다

─「당신」 부분

내가 가진 아름다운 언어를
내가 가진 따뜻한 미소를
내가 가진 포근한 마음을
내가 가진 다양한 재능을
너에게 주고 싶다

─「손녀를 보며」 부분

「당신」에서 당신은 나의 희망이며 등불이 되고, 「손녀를 보며」에서는 손녀에게 포근한 마음과 다양한 재능을 주고 싶다고 한다. 이는 시인이 타자와의 공감에 의해 자기 정체성을 찾고자 하는 노력에 다름 아니다. 오늘날과 같이 기계의 부속품처럼 살아가는 삶의 상황에서 나의 진정한 존재의 모습을 꺼내어 대면하기란 쉽지 않다. 독자적이고 개성적인 자아는 상실되어 버리고 가족 관계마저도 왜곡된 일그러진 개인이 존재할 뿐이다. 이런 시대에서 나와 타자의 진정한 관계를 찾는 것, 즉 개인적·사회적 존재로서의 자기 정체성을 확인하는 것은 결코 쉬운 일이 아니다. 정체성이란 자기 존재의 본질을

깨닫는 의미를 지니고 있기 때문에 자신의 고유한 실체에 대한 주관성을 함의한다. 따라서 타인과 나의 정체성이 확인되지 않은 마당에 어떻게 이 세상과 공감하고 동행할 것인가.

공감을 위한 중요한 기준의 하나는 타자와 세상에 대한 연민이라고 할 수 있을 것이다. 인간이 지닌 극단적 자기애와 이기주의적 본성을 완화하는 것은 사회적 원칙이나 법적 규제에 앞서 타자에 대한 관심과 배려로 생겨나는 연민이라고 할 수 있다. 동정심은 인간적인 성숙을 돕는 필수요소라 할 것이지만, 현대적 인간관계에서는 서로의 마음을 연결 지어주는 이런 감정의 교류를 불가능케 한다. 바람직한 인간관계는 상호 간의 사랑과 연대에 의해 이루어질 수 있다. 이러한 인간관계는 이금미 시에서 '마음의 꽃'으로 표현된다.

마음의 꽃은
보이지 않으나
향기롭고

만질 수 없으나
향이 번지네

발이 없어도
천 리를 가고

만 리에 번지는
마음에서 피는 꽃

가슴으로만 느낄 수 있는
성스러운 꽃

— 「마음의 꽃」 전문

'나는 어디에서 왔는가?' '나는 누구인가?' 하는 의문들은 현대인의 삶에 있어서 가장 중요한 존재론적 질문일 것이다. 개인의 삶이 점점 황폐해지고 인간적·사회적 가치가 혼미해지는 상황에서 이러한 질문은 우리 삶에서 가장 근원적이고 본질적인 물음이 되고 있다. 후설 같은 철학자가 말하듯이, 이 거대한 우주의 중심에는 바로 우리들 자신이 서 있다. 자신의 존재가 없다면 이 세상이 무슨 의미가 있을 것인가. 이 세상을 살아가면서 이루게 되는 많은 생각과 글은 이 세상에 던져진 자신의 존재를 해명하기 위한 노력이라 해도 지나치지 않다. 「마음의 꽃」은 바로 이런 해답을 찾기 위해 쓰인 시라고 할 수 있다. 이금미의 시는 사람과의 공감뿐 아니라 자연과의 공감으로 이어진다.

가을바람이
나무에 기대어
소곤거린다

바람이
나뭇잎을 사랑하는 까닭에
나뭇잎도
붉은색으로 깊어진다

가을바람은
나뭇잎이 그리워
거친 숨을 몰아쉬며
달려왔나 보다

나뭇잎을 만나면
고요해지는 바람은
나뭇잎을 위해 태어난
보이지 않는 연인

― 「바람의 연인」 전문

시집의 표제작인 「바람의 연인」에서 가을바람은 나무에 기대어 소곤거린다. 가을바람은 나뭇잎이 그리워 거친 숨을 몰아쉬며 달려왔다. 바람은 나뭇잎을 만나면 고요해지고 나뭇잎을 위해 태어난 보이지 않는 연인이다. 또한 「벚꽃의 연서戀書」에서는 봄바람에 살포시 피어나는 벚꽃잎이 되어 꽃향기 그리워 한 마리 나비로 날아오기를 바란다. 「바람의 연인」과 「벚꽃의 연서戀書」에서 보듯이 시인은 봄바람, 벚꽃잎, 나비가 되어 그들과의 낭만적인 사랑을 꿈꾼다. 일견 이금미의 시에서 주목하는 삶은 소박하다. '낭만' 속에서 자연의 대상과 하나가 되기를 꿈꾸는 시인의 삶은 크게 화려하지도 않고 대수롭지 않은 일로 보인다. 그러나 메를로 퐁티가 말하듯이, 시인은 이처럼 대수롭잖아 보이는 현상에 '시적 폭력'을 가하고, 이런 낭만적 풍경들을 통하여 객관적이고 구체적인 삶의 의미를 생생하게 살려낸다.

한 존재가 다른 존재의 내면에 귀를 기울이며 그 소리와 모습이 뜻하는 바를 이해하고자 노력하는 것, 그러니까 타자 앞에 서서 그들의 소리를 듣는 것, 큰 목소리가아니어도 오직 세상과 자연의 목소리를 순수하게 듣고바라본다는 것은 결코 예사롭지 않다. 이런 공감이야말로 어떤 거창한 규율이나 법칙에 앞선 중요한 삶의 윤리가 될 수 있는 것이다. 이금미의 시에서 인간과 자연의공감은 이렇게 나타나고 있다.

3

이금미 시의 바탕에 흐르는 기본적 인식이 타자를 위한 공감에 의해 나타나는 것임을 앞서 살펴보았지만, 이런 타자와의 공감은 시인에게 사랑의 감정으로 재현된다. 이때 사랑의 개념은 단순히 남녀 간에 이루어지는사랑은 물론 생명체, 이웃, 자연에 대한 넓은 사랑의 의

미가 내포된다. 이를테면 시인의 마음은 흡사 "눈이 소복이 쌓인/ 이른 아침에" 딸을 위해 만드는 「사랑 담은 도시락」과 같은 마음이다.

시인의 마음은 인간과 자연과 공동체적 삶에 대하여 더 깊은 사랑을 꿈꾼다. 예컨대 이금미의 시에서 나타나는 고향과 시골 마을 사람들에 대한 그리움과 추억은 우리들 주변에서 흩어진 삶의 잔해들처럼 남아있다. 사라진 혹은 사라져가는 고향에 대한 향수와 기억을 통하여 시인은 과거가 아닌 현재의 시간 속에서 우리들이 기댈수 있는 존재의 집이 어딘가를 묻고 있다. 사라진 고향의 아름다운 풍경과 이웃을 기억하면서 문명화된 현실을 비판하거나 새로운 삶을 위한 상상력을 끌어내는 것은 많은 시인이 흔히 기대는 상투적인 기법인지 모른다. 그러나 고향과 자연이라는 소재를 이용하고 있으면서도 이금미의 시에서 드러나는 시골과 자연에 대한 태도와 인식은 다른 모습을 보인다. 돌아가고 싶은 시골 마을의 서정적인 모습을 통하여 고향의 정서를 시인은 이렇게 그려내고 있다.

돌담이 둘린 초가집에서
살고 싶다
울타리에 능소화꽃이
무리 지어 피고 지고

(…)

참새의 무리들이
먹이를 찾아 포르릉포르릉 찾아오면
좁쌀을 뿌려주며
참새의 무리 속에서 노니는
소녀 닮은 노인으로
살고 싶은 집
　　　　－「유년의 고향으로 돌아가 살고 싶은 집」 부분

「유년의 고향으로 돌아가 살고 싶은 집」은 존재의 의식 뒤에 은폐되어 있던 부재의 추억들 속으로 우리를 인도한다. 이금미의 시에서 고향에의 추억이나 자연에의 이끌림은 새로운 희망을 꿈꿀 수 있는 터전이다. 이미 사라져버렸거나 변방으로 밀려버린 유년의 고향 마을에서 시인은 자신이 기댈 수 있는 또 다른 존재의 집을 찾고자 한다. 고향마을은 봄 여름 가을 겨울 "참새의 무리 속에서 노니는/ 소녀 닮은 노인으로/ 살고 싶은 집"과 같은 곳이다. 시인에게 고향에의 추억이나 자연에의 이끌림은 역동적인 자기투여의 공간이 된다.

이금미의 시에서 과거를 추억하는 힘은 과거의 기억 속에 매몰되었거나 사라져버린 사물들을 현실의 삶 속에서 환기하는 역할을 한다. 오랜 망각의 그늘 아래 잠겨있던 수많은 삶의 파편들은 과거의 일로 숨어 있지만,

그에 대한 발굴은 현재적 삶의 의미를 새롭게 재생시킨다는 사실을 그의 시는 잘 보여준다. 과거로부터 삶을 불러내어 현재와 연결시키고 미래로 나아가게 하는 것은 그의 시가 보다 나은 삶과 인간에 대한 희망을 염원하는 것이라 할 수 있다.

숨을 쉬고 있다 바람이
억새의 몸 사위로
사각거리며
구르는 낙엽의 소리로
살아있음을 알리고 있다 바람이

(…)

바람은,
없는 듯하나 있고
잠자듯 고요하나 늘 깨어있다
엉겅퀴밭도
귤나무과수원도 흔들어 깨운다

바람은,
사랑하는 사람이 그리울 때만 소리 내어 운다
　　　　　　　 －「바람은, 사랑하는 사람이 그리울 때만
　　　　　　　　　　　　　　　 소리 내어 운다」 부분

우리 시대의 삶은 '바람'으로 가득하다. "바람은,/ 없는 듯하나 있고/ 잠자듯 고요하나 늘 깨어있다." 시인은 바람을 통하여 인간과 삶의 모습을 읽고자 한다. 이 시대가 인간을 인간답게 존재하지 못하게 하고, 인간과 세상 사이의 고유한 관계를 파괴하는 '궁핍한 시대'라고 할 때, 시는 인간과 세상 사이의 진정한 관계를 복원해야 하는 역할에 직면하게 된다. 이제 시인은 바람으로부터 자신을 근본적으로 되돌아보기 위한 실존적 주체 찾기의 노력을 하게 된다. "바람은,/ 사랑하는 사람이 그리울 때만 소리 내어 운다"고 함으로써 오히려 내성적인 사색과 관조의 힘으로 자신을 일으켜 세우고자 한다. 말하자면 시인은 일상적 욕망을 비워냄으로써 자신에게 지워진 세상의 무게에서 벗어나고자 한다. 그가 꿈꾸는 것은 이 세상의 욕망을 소유하고자 하는 것이 아니라 오히려 거기서 벗어남으로써 의식의 가벼움을 얻고자 하며, 더 나아가 부정적인 세상을 긍정의 힘으로 끌어안음으로써 절망에서 희망을 얻고자 하는 것이다.

4

무릇 시인은 삶의 진정한 가치와 의미를 찾기 위해 생명과 자연을 찬미해야 하며, 인생과 세상에 대한 근원적인 믿음과 사랑을 노래해야 하는 창조적 정신을 가진 자들이다. 그래서 오늘날과 같이 메마른 삶을 살아가는 우리에게 진정한 시인이란 위대하고 소중한 존재이다. 이금미 시인은 "내 마음속에/ 그리운 별 하나를 품고 산다"(「그리운 별」)고 말한다. 시인이 마음속에 품고 있는 별은 무엇일까. 그것은 우리가 살아가야 할 존재 이유, 즉 이 힘든 세상에서 우리가 지녀야 할 것은 다름 아닌 공감과 사랑의 정신임을 시인은 역설하고 있다.

이금미의 세계인식은 언제나 긍정적이다. 부정을 긍정으로, 슬픔을 기쁨으로 환유하고 환치하는데 그의 시의 특징이 있다. 그것은 기본적으로 시인에게 긍정의 미학, 사랑의 정신이 있으므로 가능하다. 시인이 이 세상 만물의 생명을 존중하고 그에 대한 사랑을 이야기하는 것도 이 세상에 대한 절망이 아니라 희망을 노래하고자 하기 때문이다. 희망에 대한 시인의 감정은 때로 애절하기조차 한데, 이는 따뜻한 사랑의 감정으로 이 세상의 모든 것을 구원할 수 있다는 낙관적인 시적 전망에서 우러나오는 것이다. 세상의 모든 어둠과 슬픔과 절망에 맞설 빛과 희망과 낙관적 전망이 있기 때문에 이금미 시는 그 의미를 더 하고 있다. 이금미의 시는 언제나 다정하고 따뜻하게 우리에게 다가온다. 그는 어두운 밤하늘에 외롭고 밝게 떠 있는 한 떨기 별처럼 우리에게 사랑과 희망을 보여주는 시인이다.

황금알 시인선